Julie Turconi

Les petits riens

Merci à tous ceux qui ont rendu la publication de ce livre possible, et particulièrement à l'Autre, FX.
Merci à vous, amis lecteurs, sans qui rien n'existerait !

Si vous souhaitez être tenu au courant de mes réalisations (publications, arts visuels ou conte), envoyez-moi un message avec votre nom et votre adresse courriel, en citant ce livre, sur la page de contact de mon site Web :

www.unicjuly.com

ISBN 978-0-9948266-0-2

Catharsis

Un corps nu, blafard

     Mort.

Sans espoir dans la lumière des néons,

Perdue dans l'infini froid et lugubre,

Une âme en peine frissonne

Et le temps lui-même grelotte,

        Figé dans son éternité.

Pour un instant, pour une vie

Sans que personne, jamais, ne remarque rien.

          Il est déjà trop tard.

Courir dans la nuit, profondément

Entrechocs de pensées sauvages et primitives,

Enveloppées par la douceur de la lune.

   Courir après ses rêves.

Attraper l'instant avant qu'il ne fuie

Et, surtout,

        Rire, la tête rejetée en arrière

     Un rire de dément

     Un rire d'enfant

     Un rire éternel

       Car rien ne justifie mes larmes.

Bérézina.

Que se passe-t-il le jeudi ? Est-ce un jour mystérieusement marqué par le destin, un jour dont la signification est réservée à une certaine catégorie de gens ? Ou, plus simplement et plus prosaïquement, les chèques de retraite tombent-ils le jeudi ?

Les adultes standards, ceux qui sont d'un âge interdisant toute réduction, c'est-à-dire compris entre vingt-cinq et soixante ans, sont en droit de se poser la question. Dans les grandes surfaces, l'affaire éclate au grand jour : impossible de faire des courses le jeudi en début d'après-midi. Les chariots de magasinage sont pris d'assaut, les caisses également, le personnel ne sait plus où donner de la tête, et les têtes grises se bousculent dans les allées... Petites madames voûtées, grands messieurs à la démarche hésitante, tous d'une lenteur extrême, regardant à droite et à gauche sur les rayonnages, comparant les prix ou les ingrédients, poussant tranquillement leurs chariots en s'y appuyant comme sur un déambulateur. Plutôt que d'en être exaspérante, cette indolence paraît engourdir le temps et ralentir le rythme des choses. Pourquoi se presser, après tout ? Les courses domestiques ne sont pas une affaire de classement ni de ligne d'arrivée ! Prenez votre temps, petits vieux attachants, je serai comme vous, un jour prochain.

Nocturne.

Un bus de nuit. Attendu je ne sais trop combien de longues minutes, au bord du trottoir, près d'un lampadaire en panne intermittente, dans le vent frais de cet automne humide. J'ai de la chance : la faune nocturne est assez limitée dans ce quartier tranquille. Non pas que j'en aie peur, mais je préfère l'attente en solitaire aux insupportables échanges ponctués de « Yo, man » ou de « câlisse » de jeunes en mal d'image. Lieu commun ? Je réalise alors que j'ai vieilli et que je suis passée dans la catégorie de ceux qui vivent une vie tranquille, sereine et quelque peu « rangée ». Une vie où les interjections cassantes, à la limite du vulgaire, sont bannies, tout comme les jurons. Pure politesse de forme ou véritable respect d'autrui ? Le vernis appliqué sur de vieux réflexes peut les cacher, mais pas forcément en changer le sens profond… Tout est fonction de notre trajectoire de vie et d'expérience.

Le bus interrompt mes réflexions en se rangeant le long du trottoir, dans un long soupir fatigué d'essieux malmenés. Le chauffeur semble las, pressé de rentrer au dépôt et de pointer la fin de son quart. Moi aussi, je voudrais être chez moi. En même temps, j'aime voir défiler la ville sous mes yeux, à ce rythme syncopé qui fait alterner les accélérations inutiles, les freinages un peu trop brusques et les arrêts, rares mais encore trop ennuyeux pour le conducteur, qui préférerait probablement que tous ses passagers se rendent au terminus, comme lui. Plus besoin de stopper, plus besoin d'attendre que le lent mouvement chuintant des portes prenne fin pour repartir dans la nuit. Plus vite le trajet sera avalé, plus vite le bus et son chauffeur pourront enfin se reposer.

Moi, j'aime les rues désertes trouées de lumières urbaines; les bruits assourdis, pouls lent de la ville endormie; les vagues silhouettes fantomatiques entre-aperçues au fond d'une cour sombre; les arbres qui paraissent faux tellement leurs couleurs et leur texture sont transformées par l'éclairage jaunâtre des lampadaires.

La nuit, tout est différent. Tantôt les parcs paraissent des espaces noirs où l'air semble s'opacifier, invitant aux errements malsains; tantôt ils sont des oasis de calme où l'on voudrait se perdre en contemplant d'improbables étoiles.

Derrière moi, au fond du véhicule, une adolescente s'époumone dans son téléphone cellulaire, faisant partager à tous, avec indifférence, son quotidien d'une banalité si affligeante qu'elle pourrait bien en pleurer si elle s'en apercevait. Devant, avachis sur leurs sièges, capuches rabattues sur les yeux, deux jeunes somnolent. Accoutrements de dur, jeans dont l'entrejambe est si bas qu'on pourrait croire qu'ils se sont oubliés dans leurs pantalons, foulards stratégiquement noués sur le crâne, blousons voyants, boucles d'oreilles. Clinquant et vide. Y a-t-il quelque chose ou quelqu'un derrière cette façade ?

J'appuie ma tête sur la vitre, tant pis pour les cahots et au diable la saleté. Le bus a roulé toute la journée, il porte en lui les stigmates que ses passagers lui ont laissées : journaux déchirés, verres vides coincés derrière les fauteuils du fond, vitres salies par les doigts et les cheveux. Moi aussi, je dois porter les marques d'une longue journée sur le visage. Nous reflétons tous la vie que nous menons, et nos miroirs ne sont pas ceux d'une reine.

Mais ça y est, je tire sur la corde, demande l'arrêt. Je suis arrivée. Le chuintement des portes qui se referment masque mon salut au chauffeur, et le bus redémarre dans un sursaut poussif, sans plus s'attarder pour une fille oubliée sitôt descendue. Je reste immobile sur le trottoir. Quand le bus a disparu au loin, alors seulement je traverse et je rentre chez moi.

Rugissements du vent d'Est
Oiseaux de métal
Sur les branches asphaltées

Rencontre.

À vélo, pousser sur les pédales, ça monte. Pas fort, mais longtemps. Et il y a les feux de circulation, les arrêts, les véhicules qui vous frôlent pour vous doubler à tout prix, quel que soit l'espace dont ils disposent, et les voitures stationnées qui peuvent à tout moment déboîter ou dont la portière malencontreusement ouverte, sans égards, peut vous projeter violemment vers le sol de béton fissuré. C'est dangereux, la ville à bicyclette. Mais c'est aussi tellement agréable. Quel plaisir de rouler sur le tapis automnal de feuilles colorées et crissantes ou de profiter d'une douce brise nocturne, sans traces aucunes de froid mordant – pas encore –, dans des rues vidées de la majorité de leurs occupants diurnes !

Le vélo est un moyen de transport peu fatigant, dans le fond, car chacun va à son propre rythme. Le mien est lent, par obligation autant que par goût : mes genoux me rappellent que la route aura une fin, tôt ou tard. L'arthrose fait déjà entendre la voix de mes vieux jours à venir, je dois faire attention. Toujours aligner mes articulations, ne pas me tordre, éviter de jouer les danseuses et ne pas forcer, au risque de réveiller ces douleurs que ma génération méprise trop souvent. Et pourtant, j'aime pousser sur les pédales, gauche, droite, le nez au vent, les yeux toujours aux aguets, la ville défilant à la cadence que je lui impose. La vie ralentit.

La nuit est l'occasion de rencontres étranges, souvent sympathiques : l'autre jour, ce sont deux ratons-laveurs que j'ai interrompus dans leur jeu, leur course-poursuite dandinante entre les voitures, le long du trottoir. J'ai freiné, je me suis arrêtée. Brusquement figés par ma présence, ils m'ont regardé droit dans les yeux quelques instants, avant de traverser et d'aller se réfugier dans la haie qui borde l'agence immobilière, celle qui a remplacé la caisse Desjardins, près de ma pharmacie habituelle. Un instant fugitif de nature urbaine, quelques rues à peine derrière chez moi. La nuit, au calme, la ville prend un autre visage.

Mais pour l'heure, je dois me rendre en centre-ville, et c'est loin. Je vais prendre le bus.

Travail.

Économie du trajet chaque matin, chaque soir. Le bureau est à quelques pas de la cuisine et du café matinal. C'est l'avantage du travail autonome : être chez soi, organiser ses journées, agencer son emploi du temps et tenter, tant bien que mal, de concilier ou de réfréner toutes les demandes, tous les projets, toutes les envies… Bien sûr, l'argent ne rentre pas tous les jours comme on le voudrait, comme on l'espèrerait. Mais après tout, le privilège d'être son propre maître doit bien se voir compenser par quelques inconvénients, non ? Sinon, où serait le défi, le plaisir ? Congés jamais payés par l'employeur – et pour cause –, police d'assurance maladie hors de prix – mais je suis jeune ! –, sans oublier la difficulté de séparer clairement vie professionnelle et vie privée. Quand l'ordinateur contient autant de bits professionnels que de loisirs, que la machine partage ses circuits entre responsabilités et divertissement, son ambiguïté finit par déteindre sur la pièce même qui le contient et il est parfois compliqué d'établir une frontière mentale claire entre les différentes occupations d'une journée.

Quant aux horaires, quel casse-tête ! Il m'a fallu des années pour m'interdire de travailler – de « rendre service » – le soir ou les fins de semaine. Ce n'est pas parce que je suis là que je dois me charger les épaules d'un pareil fardeau. Sinon, je vais finir par me voûter. Une fois les barrières érigées, tout va mieux, tout va bien. Fluidité, clarté, temporalité.

Ah, la volupté du premier « non », du premier refus de contrat qui n'est pas teinté par une pointe de culpabilité ! C'est un apprentissage intéressant, à tous points de vue. Semblable à une plaque de bon chocolat : une fois qu'on a commencé, on est bien souvent tenté de continuer dans la même voie… Sauf que l'ogre financier se rappelle alors très vite à mon bon souvenir, en hurlant sa faim à mes oreilles. Implacable et autoritaire. Je me console en murmurant le vieil adage : « Le travail, c'est la santé ». Il était quand même temps de changer mes habitudes; je ne suis pas passée loin du « burn-out », cet épuisement qui semble ne pas exister dans la langue française mais qui touche pourtant tout le monde, indifféremment. Où sont passés le temps de vivre et la liberté chantés par Georges Moustaki ?

D'ailleurs, il est temps pour moi d'éteindre la machine et de prendre mes pinceaux, mes pastels et mes fusains. Un travail d'un autre genre commence.

Le train est triste et vide
Au loin, des oies s'envolent
Sans bruit, je prends mon essor

Cuisine.

Le matin, la cuisine est comme une extension de ma chambre, de mon lit. Un lieu où je peux prendre le temps de me réveiller, petit à petit, sans hâte. Une pièce parfumée au café, lumineuse et accueillante. Elle porte alors bien mal son nom, car je n'y « cuisine » pas.

Mais ce midi, à quoi ressemble le contenu du frigidaire ? Chez moi, il y a beaucoup de légumes, de fruits et de produits frais. J'aime cuisiner. Trancher, émincer, couper, nettoyer, griller. Ces activités me détendent et mon imagination peut alors s'assouplir et s'épanouir. J'aime chercher les mariages de saveurs, même les plus improbables, juste pour le plaisir. C'est vrai que je suis un cas à part. De nos jours, beaucoup de gens ne prennent plus le temps ni de cuisiner ni de manger tranquillement.

Et pourtant, combien d'heures passent-ils devant leur poste de télévision ? Vagues excuses, manque d'énergie, justification bidon, que sais-je encore ? Au-delà d'une alimentation plus saine, ils se privent d'un plaisir presque sensuel, qui fait jouer les cinq sens : la vue, le toucher, l'ouïe, l'odorat et le goût.

Couleur et texture des légumes à marier tel un artiste sur la toile d'une belle assiette, grésillement du beurre dans une poêle, clac du couteau qui tranche sans hésiter, senteur des condiments qui invitent discrètement au voyage, saveur enfin du plat achevé.

Rien de compliqué, pas de cuisine raffinée ni de mélanges à hauts risques. Juste des petites touches toutes simples pour rehausser un plat autrement commun. Je n'aime pas me compliquer la vie et je n'éprouve pas le besoin de mettre les petits plats dans les grands tous les jours, quand tant de choses sont faisables en un tournemain. Un fumet sucré à la saveur délicate de cannelle interrompt ces lignes en se répandant dans la maison : une tarte aux fraises toute chaude m'appelle et m'entraîne dans le péché de gourmandise.

Je n'y résiste pas.

Un bol de café
Oublié sur le comptoir
L'hiver est fini

Automne.

Promenade au soleil de ce samedi ma foi bien ordinaire sur la Terre. Ordinaire et pourtant merveilleux, car les couleurs des arbres brillent de tous leurs feux, sur fond bleu offert par un ciel bienveillant, tel un écrin scintillant. L'air est doux, léger, on pourrait se croire au printemps. Mais les érables frémissent, soucieux de nous rappeler le temps qui passe et la saison qui avance, et de faire admirer leur étalage de teintes avant qu'il ne soit trop tard et que le vent et les gelées n'aient eu raison de leur beauté éphémère.

Je marche le nez en l'air, à pas lent, m'arrêtant ici et là pour mieux me repaître d'un détail, d'un reflet, d'une feuille plus vibrante que les autres. Je ne comprends pas pourquoi tout le monde n'agit pas de même : comment peut-on passer à côté d'une telle magie naturelle sans lui rendre hommage en la contemplant ? Comment ne pas constamment regarder autour de soi, l'œil avide et vif ? Est-ce ma condition d'immigrante qui me rend plus captivée par ces couleurs que ne le sont les Québécois de souche ? Mais peut-être me méprends-je, peut-être suis trop absorbée pour prendre pleinement conscience du plaisir et de l'admiration d'autrui envers ce spectacle gratuit et flamboyant. J'ai envie de courir au milieu des feuilles tombées – comment pourraient-elles être mortes, avec de si éclatantes couleurs ? –, les bras écartés, en riant de joie comme une petite fille. Envie de m'émerveiller encore devant ces arbres majestueux, lumineux et si émouvants : ce décor me donne envie de pleurer. Et dire que j'aurais pu ne jamais connaître ces automnes, que j'aurais pu rester à tout jamais sur le vieux continent et me contenter d'ocres et d'ors qui me paraissent aujourd'hui si ternes en comparaison de ceux qui m'entourent, entrecoupés de rouge, de pourpre, de rose et de vert…

La neige me fait le même effet : je crois qu'il faut avoir vécu dans un pays où les précipitations hivernales tombent sous forme de rideaux de pluie plus ou moins opaques et denses pour pouvoir apprécier la blancheur, la légèreté et le charme de la neige. Même quand la voiture est recouverte – mais il est vrai que je n'ai pas de voiture –, qu'il faut déblayer les accès et que la tempête rend les déplacements plus… délicats. Quoique j'aie découvert à cette occasion qu'il peut être aussi très plaisant de rouler à vélo sur la neige, sous réserve d'être équipé de bons pneus d'hiver à crampons !

Je digresse, aujourd'hui l'automne est encore roi. Pourtant l'éclat de la nature possède un certain charme mélancolique, nostalgique par avance; il me fait penser à un chant du cygne avant la reddition face à l'hiver et à ses rudesses. En mettre plein la vue avant de s'endormir pour de longs mois, afin que personne n'ose oublier. L'automne est un entre-deux, qui abrite aussi la fête des morts de la Toussaint et les célébrations d'Halloween. Le souvenir, encore une fois, et la mémoire de ceux qui ne sont plus, contrebalancés par les farces et les bonbons d'Halloween, comme pour se moquer des fantômes et de nos peurs ataviques. Notre peur, dans le fond, et celle de toute l'humanité : la Mort en personne, qui prend tant de visages et tant de place dans les histoires et les traditions. L'automne, c'est la vie qui éclate une dernière fois avant le repos. Avant la renaissance du printemps. Destructeur primitif, l'Homme renaîtra-t-il un jour ?

Brillance liquide
Vibrante sous les gouttes
L'automne soupire

Tempus fugit – fragments poétiques

Témoin immuable

Enraciné au cœur de notre vie / mort

Le Temps gruge nos murailles,

Vains artifices que ses marées balaient

Sans pitié pour ceux

      Qui le défient

      Qui le trompent

         Sots rêveurs, chasseurs d'immortalité

Impitoyablement rejetés

Fracassés par sa fureur,

      Pâles grains de sable condamnés à l'oubli.

Murmure des feuilles mortes

Sacrifiées sur l'autel du Temps,

La vie se retire lentement

Vibrante, dans les profondeurs du présent.

Pluie d'or et de lumière

Larmes des arbres endormis,

Que pourrai-je donc vouloir

Que leur beauté ne reflète déjà?

Soirée.

Soirée en solitaire, l'Autre étant sorti pour obligations professionnelles. L'Autre, car comment l'appeler autrement ? L'homme, le conjoint, le partenaire. Mais dans le fond, l'Autre est tout cela à la fois. L'autre moitié du couple. Celui qui rétablit l'unité, pour certains, et celui qui la renie, pour d'autres. Celui qui n'est pas là ce soir, en tout cas. Je suis donc seule. Par choix, pas par obligation; j'aurais pu l'accompagner.

La nuit est tombée, la noirceur descend tôt sur le monde en cette saison. Rappel de la nécessité de se replier sur soi, de s'offrir des moments de « cocooning », qui s'harmonisent si bien avec les premiers froids et les soirées raccourcies ? Le chat dort sur une chaise, quelque part dans la maison, et je peux croire que je suis vraiment seule. Tout est silencieux. Même les voisins semblent absents. Peut-être vais-je mettre de la musique, me remplir de notes et de paroles. Peut-être vais-je savourer le silence. Je ne le sais pas encore. La soirée est jeune et je vieillirai moins vite qu'elle.

Une évidence ? Je rencontre tellement de « jeunes » déjà vieux dans leur cœur. Prématurément fanés. Ceux-là ne vivent pas, ils survivent. Ceux-là ne savent pas apprécier les petits riens que la vie nous offre, jour après jour : un rayon de soleil qui perce les nuages et éclaire en un instant une journée entière; des gouttelettes désespérément accrochées à une corde à linge, longtemps après la pluie; une flaque dans laquelle apparaît la vision trouble et mouvante du monde alentour; un vent doux semblable à une caresse, promesse de plénitude… Il y a tant de ces petits riens du tout, de ces grandes futilités, minuscules instants, fragiles et importants. Le silence lui-même est parfois un baume. Dommage que les doigts qui courent sur le clavier de l'ordinateur fassent cliqueter les touches...

Bourrasque soudaine
Une à une, elles tombent
Et les feuilles dansent

Vieillir

Cargo de brumes, résonance métallique
Sur ses flancs creusés d'écume
La rouille dévore son âme,
Sans pitié pour sa vénérable sagesse.

Oublié de tous,
    De la mer comme du vent,
    Des hommes et des océans,

Racorni,
Parcheminé,
Au fond de sa chaise
Aussi boiteuse et grinçante que lui,
Le vieux se berce et soupire.

          Le temps fige.

Bonheur fissuré,
Patchée de bris et de peu
Masquer les rides
Pour écarter la peur
Illusoire mascarade
Avant que le rideau ne tombe

Voisins.

Le rêve de tout citadin qui se respecte : ne plus avoir de voisins ! Ou alors des voisins gentils, presque transparents, de ceux qu'on n'entend jamais, qu'on ne voit jamais… Ce n'est pas loin d'être mon cas, dans le fond. Mes voisins sont des gens que je croise à l'occasion dans l'escalier. Je sors faire du sport, il rentre du travail. Je vais faire des courses, elle revient d'une sortie au parc. Nos rapports, cordiaux mais froids, restent très superficiels. Nous ne socialisons pas, ou si peu. En fait, nous n'avons pas grand-chose à nous dire, et si peu en commun ! Sans oublier que leur rythme de vie est à l'opposé du mien : couchés tôt, ils se lèvent aux aurores. Pas moi. Le matin est une bataille sans cesse renouvelée contre le « non-être », cet intervalle hors du temps et de l'espace où tout est encore possible, où rien n'a envahi le cerveau en dehors de pensées futiles, illogiques et sans suite, qui ne méritent guère leur appellation de « pensées ». Quoi qu'il en soit, mes voisins sont des gens tranquilles et, en général, plutôt faciles à vivre.

Malheureusement, ils ont un chien. Un caniche nain, de couleur claire, de l'espèce des roquets qui aboient pour un oui ou pour un non, par joie, par peur, par défi, pour marteler ses émotions, pour affirmer sa présence… Quelle rigolade ! Je ris jaune malgré tout, quand ses aboiements se déclenchent au petit matin ou dès qu'il met les pattes dans le jardin. Je préfère le gazouillis des oiseaux, même appuyé, même métallique, même roucoulant. Le cardinal qui a élu domicile dans la haie a tous mes suffrages.

Parfois, je me prends à rêver : un coup de pied bien appliqué devrait suffire à projeter le chien quelques mètres plus loin, groggy et peut-être un peu plus prudent. Pourtant, je n'ose jamais passer à l'acte. Peut-être parce que ce n'est pas un « mauvais » chien, au contraire. Il manque juste cruellement d'éducaion. Évidemment, c'est facile pour moi, j'ai un chat. Alors la comparaison est délicate : le matou peut bien miauler de temps à autre, on ne peut pas dire que le résultat s'apparente à des rugissements retentissants qui anéantissent la tranquillité de tout le voisinage ! En contrepartie, il bondit à travers tout l'appartement quand son quart d'heure de crise allume ses neurones d'une dangereuse folie douce… Et ce genre de cavalcade effrénée, entrecoupée de furieuses glissades et de quelques cognements dans les murs, a une fâcheuse tendance à résonner à travers le plancher de bois franc, jusque dans l'appartement du dessous.

Un partout, la balle au centre.

Le chat s'est perché

Tout en haut du vaisselier

Éclats de faïence

Pause

Écouter le silence
Pour entendre l'air vibrer
Écouter le silence
Pour voir son souffle s'envoler
Écouter le silence
Pour sentir la vague qui se brise
Écouter le silence
Pour contempler la neige folle
Écouter le silence
Pour découvrir sa voix
Écouter le silence
Pour embrasser l'ordre des choses

Écouter le silence
Pour mettre fin aux rumeurs
Écouter le silence
Pour y trouver son âme
Écouter le silence
Pour le plaisir de l'ouïe
Écouter le silence
Pour le staccato du vent
Écouter le silence
Pour le chuchotement du papillon
Écouter le silence
Pour le temps qui s'arrête
Écouter le silence
Pour l'immobilité mouvante et éphémère
Écouter le silence
Pour les grincements de l'univers

Écouter le silence
Pour la magie du moment
Écouter le silence
Pour entendre son cœur
Écouter le silence
Tout simplement

Exercice.

Faire du sport, bouger, marcher, s'oxygéner. La publicité s'évertue pourtant à vouloir nous vendre à toute force des voitures, des téléviseurs et de la malbouffe – de la « *junk food* ». Surtout, restez assis derrière le volant de votre rutilante et monstrueuse voiture ou sur votre trop confortable canapé, et grignotez : apéritifs, collations et autres mises en bouche. En contrepartie, il suffit d'ouvrir un magazine pour tomber sur article prônant les vertus de l'exercice, couplé à quelques efforts alimentaires : attention au sucre, au gras trans, au mauvais cholestérol, aux calories, aux graisses et j'en passe.

L'application de ces principes est assez inégale, parfois quelque peu… drolatique. Je rigole toujours en douce, par exemple, quand je vois ces grosses dames acheter consciencieusement du café sans sucre ou manger une salade étiquetée « santé » – on se demande parfois par quel miracle – et s'empresser ensuite d'y ajouter deux copieuses parts de gâteau au chocolat en dessert, dédouanées qu'elles se sentent par leur héroïque geste « dentesque ». Puis, je les vois remonter les quelques dix marches les séparant de la rue en se laissant porter par l'escalier mécanique commodément mis à leur disposition, oubliant jusqu'à l'usage originel de leurs jambes : servir de support aux bas ou aux chaussures à la dernière mode – absolument pas faites pour un être humain, c'est flagrant –, c'est bien, mais il faudrait peut-être se rappeler qu'on peut aussi les utiliser pour marcher… Mettre un pied devant l'autre, encore et encore, comme nous le répétait cette chanson de colonie de vacances, autrefois. Plusieurs pas consécutifs, voire toute une marche, allez, courage ! On est encore loin de « l'exercice », mais c'est un début.

Oui, parfois, je suis un peu dure avec mes semblables; c'est humain. Il faut dire que l'excès pondéral est un tel problème dans notre société, si évoluée qu'elle en a muté et que nous avons perdu le sens de certaines réalités fondamentales...

Moi, j'aime bouger. Je marche tous les jours, dans mon quartier, au hasard des rues. Avec ou sans raison : pour aller poster une lettre, acheter du jus d'orange, prendre des photos. Juste pour le plaisir de marcher, de sentir le vent ou la chaleur sur mon visage. Ces escapades me permettent aussi de prendre du recul par rapport à mon travail ou à mes préoccupations. Mais cela ne suffit pas, il me faut une activité plus intense pour « sortir le mal du corps », transpirer, éliminer les toxines et le stress. Je suis adepte des arts martiaux, un peu par défaut, un peu par tradition familiale, un peu par hasard. J'ai fini par y prendre goût et par me passionner pour ces pratiques multiples : karaté, kung fu, qi gong, tout en regrettant que leur enseignement soit parfois un peu trop « occidentalisé ». Moi qui n'aie aucune coordination des bras, qui ne suis pas visuelle du tout, qui déteste la notion même d'attaque, j'ai choisi un art martial. Un comble ? Et bien non. L'art est peut-être le mot essentiel dans cette expression galvaudée : recherche d'équilibre et d'efficacité, travail énergétique, réflexion. Petit à petit, ma pratique s'est transformée en philosophie de vie. Il y a pire. Surtout dans une société de féroce individualisme où plus personne ne sait pourquoi il se bat ni pourquoi il faut tout, tout de suite. Inspire, expire. Inspire, expire. Zen.

> *De l'or sur la mer du ciel*
> *Le sang des braves coule*
> *Et les cerisiers pleurent.*

Famille.

Quand la famille proche est loin, que reste-t-il ? La famille recomposée, je suppose. Qui prend, plus souvent qu'à son tour, la forme d'un enchevêtrement de morceaux dont l'emboîtement laisse à désirer, un bloc qui tient tant bien que mal, cahin-caha. L'essentiel est bien de tenir, et la souplesse est la meilleure arme : pas de soudure, pas d'imbrication trop précise, pas de point de cassure. Depuis que j'ai quitté le vieux continent, que j'ai rompu par obligations géographiques le cordon ombilical, la cellule familiale s'est singulièrement rétrécie. Après l'un, l'unique, aujourd'hui nous sommes deux.
Moi et l'Autre.

Mais cela n'a pas toujours été le cas; à l'origine, l'Autre, ce beau cadeau de la vie, n'était offert qu'en emballage spécial, avec un bonus : un fils. Ce qui n'a pas manqué poser des problèmes, à la longue. Un adolescent, ça se cherche. Longtemps. Et s'il faut égratigner ou blesser quelqu'un lors de ce processus, autant que ce soit une pièce rapportée, non ? Si on peut l'éviter, on n'abîme ni ne détruit un pilier de soutènement, une charpente, un abri. C'est logique, mais cela n'aide pas de le savoir. Au début, c'est simple : on tente de comprendre et d'offrir des oreilles attentives et neutres; ensuite, vient le temps de l'entre-deux, celui où on subit, le dos rond, jouant la prudence face à la noyade boueuse du respect, face au piétinement de ses principes – forcément bons, puisque inculqués par de merveilleux parents –, aux mensonges et au je-m'en-foutisme;

enfin, on craque et on devient une véritable mégère, illustration parfaite du cliché de la méchante marâtre, invivable pour tout le monde y compris pour l'Autre. Certains jours plus épineux que d'autres, l'Autre a dû amèrement regretter notre rencontre.

Les voies du sang ou les voies du cœur, si elles peuvent être parallèles ou confondues, peuvent aussi (se) couper.

Et la blessure brûle, bien plus qu'un simple torchon. Il faut alors appliquer une solution radicale, pour espérer sauver ce qui reste. Chez nous, le vin avait été bu jusqu'à la lie – trop, c'est encore pas assez quand on est jeune – et ma coupe avait débordé depuis bien longtemps. Plus aucune serpillière ne pouvait arranger le désastre de notre relation. J'ai donc fini par mettre mon beau-fils à la porte, sans plus tergiverser, et faire d'une blessure purulente une coupure nette et sans bavure. D'un coup, j'ai décompressé, comme une baudruche ou une cocotte-minute qui siffle, qui bout et qu'on enlève soudain du feu…

Le silence. La paix. Quel apaisement ! Avec le recul, il est juste de dire que tout le monde y a gagné quelque chose : qui en autonomie, qui en paix de l'esprit, qui en… tout, ma foi.
Les enfants, c'est mignon… chez les autres.

Nez contre vitre glacée
Lune pleine, cœur vide
Sa mère lui manque.

Vote.

Attention, élections fédérales en cours ! Mon premier vote de citoyenne canadienne toute neuve. Un geste qui compte, à mes yeux si ce n'est à ceux d'autrui. Je pars donc d'un pas décidé, sans avoir à aller bien loin : l'école où tout se passe est juste derrière chez moi. Je longe ses bâtiments quasiment tous les jours, lors de mes promenades.

Aujourd'hui, j'entre, comme plusieurs autres qui, comme moi, arborent leur carte d'électeur à la main. Nous longeons ensemble un court couloir avant de déboucher dans la salle décisive. Le décor en soi n'a rien de très solennel : un gymnase d'école, propre et relativement neuf, certes, mais qui n'en reste pas moins un lieu de jeux, de suées et d'efforts. Avec un peu de suffisance, je pourrais penser que cet endroit, dans sa simplicité, ne convient pas à un geste aussi important que le mien, aussi inédit. Mais quelle importance ? Cela m'est complètement égal. Au contraire, je trouve qu'un lieu du quotidien est représentatif de ces élections : nous choisissons nos élus, nos dirigeants, notre gouvernement. Les gestes qu'ils poseront auront des répercussions directes sur nos vies et notre quotidien.
Quoi de mieux qu'un gymnase, lieu de dépassement de soi, pour faire entendre sa voix ?

J'arrive à la période de pointe (!) de mon urne, la soixante-dix : une femme est en train de voter, un vieux monsieur hésitant attend, sans trop oser s'approcher de la table – de l'autel – pour ne pas déranger.

Une fois son tour arrivé, plus d'hésitation : il coche énergiquement son bulletin et le remet derechef au préposé, qui récupère le talon. C'est la première fois que j'assiste à ce cérémonial, et je peux copier la procédure : s'isoler, cocher, remettre le talon, récupérer le bulletin et le glisser dans l'urne. Je ne sais si mon vote va réellement changer quelque chose, mais je me dis que chaque voix compte. Voter est un devoir, une responsabilité, mon guide de préparation à la citoyenneté me l'a assez répété. Un devoir au sens noble, et non une charge pénible ou imposée. Mais les autres, les Canadiens de souche, sont-ils au courant ?

Je prends mon temps pour ressortir de l'école. Je longe le couloir, contemple les dessins d'enfants sur les murs, les tableaux de récompenses scolaires, quelques textes affichés – dont un hommage à Tintin. Puis, je sors, non sans souhaiter une bonne journée au monsieur qui surveille l'entrée : ses heures vont être longues.

J'ai voté, et je n'ai plus qu'à espérer que la majorité de mes concitoyens soit d'accord avec moi et s'engage sur la même voie… C'est bien la première fois que je vote dans un pays où les fuseaux horaires rallongent en quelque sorte la période d'attente : rien ne sert donc de se précipiter sur les actualités, il faudra attendre demain pour connaître les résultats. Notre avenir. À présent dans les mains du destin. Les nôtres.

Migraine.

La migraine, selon le dictionnaire de médecine Flammarion, ce sont des « crises céphalalgiques pulsatiles d'origine vasomotrices, spontanément résolutives, accompagnées souvent de vomissements et de troubles du comportement (asthénie) dont l'étiologie est inconnue ». Quelle jolie définition, totalement hermétique et détachée de toute réalité concrète ! La migraine, c'est un mal de tête insupportable, difficile à cerner, difficile à maîtriser et qui peut être incroyablement douloureux... Ce qui peut parfois créer quelques absurdités : je me souviens de la pire crise de ma vie, qui m'a immobilisée pendant des heures, où le moindre mouvement me tirait des larmes, où la douleur, omniprésente, semblait vouloir battre des records. Pourtant cette crise reste, envers et contre tout, un épisode à ranger dans la catégorie des « souvenirs précieux ». Pourquoi ? Parce que le moment où la migraine est tombée – ou plutôt celui où j'ai pris conscience qu'elle avait disparu – a été un instant d'une béatitude totale, rarement égalée. Indescriptible, et insensé pour qui ne l'a pas vécu. Un vrai nirvana, chèrement payé, que personne ne peut vouloir trouver de cette façon. Trop cher payé. Et les crises se suivent et se ressemblent, rarement aussi intenses, heureusement.

La migraine, j'en souffre depuis seulement quelques années. Un mélange de tension et d'hormones indomptables qui jouent dans l'arène de mon corps, et ma tête résonne, pulse, semble sur le point d'exploser. Pas de lumière, pas de bruit. Pas de repos. La migraine est incapacitante. C'est une amie fidèle, mais peu loyale. Elle vous accompagne partout et menace chacune de vos journées, chacune de vos activités. En sa compagnie, il est toujours hasardeux de s'engager : si le contrat matrimonial contient bien souvent, officieusement, une clause de migraine, celui de l'artiste en est bel et bien exempt. Suivi neurologique, médicaments, on tente alors de limiter les dégâts, en attendant que le cerveau veuille bien fonctionner de nouveau normalement. Que font nos scientifiques et nos chercheurs ? Un simple interrupteur, quelque part dans notre bel encéphale à la pointe de toutes les technologies, et le tour serait joué :

Que la lumière soit !

Heureusement pour moi, là où la médecine occidentale reste hésitante, les soins que l'on appelle « paramédicaux » constituent une solution bien plus efficace : quelle panacée de découvrir que l'énergie primordiale, ce *Qi* impalpable et pourtant présent dans tout l'univers, peut aider et guérir ! Je vois déjà les sceptiques hocher la tête en levant les yeux au ciel. Mais croyez-moi, quand on a tout essayé, on cherche ailleurs et on se tourne vers l'inconnu, l'étrange. L'étranger. Et le doute originel cède la place à l'émerveillement : ailleurs, on comprend l'humain différemment, et cela fonctionne depuis des millénaires.

Tout comme cet art de vivre énergétique et holistique, moi aussi je veux vieillir en harmonie.

Vivre

Une envie, un désir,

Comme une fleur qui s'ouvre,

Éclot dans mon cœur

Vibrant comme la corde d'un violon

Un criquet chante dans l'herbe haute

Le soleil d'automne perce à travers la brume

Je respire à grandes goulées

Un air qui soudain me fait défaut

Les notes s'en sont perdues

Envolées dans l'irréalité de mon rêve,

Un tonitruant silence

Brisé par l'éclat de mon rire

Mes espérances bercent mes pensées

Flottent dans la mer d'une soif inextinguible

Submergée par cette vague incandescente

Je sombre parfois, pour mieux ressurgir

Renaissance décrassée, tirée vers le haut
L'énergie alentour me traverse et me porte
Je ne fais que m'accorder, prendre la note
Au diapason de l'univers lui-même

Le grand tout, le grand rien
Tout se confond en un chaos ordonné
Harmonie de vide, de plein,
De fureur et d'étoiles
Je vis.

Taxis.

Les taxis à Montréal, c'est tout un poème. Comme partout ailleurs, j'imagine. Dans les rues de notre ville, la plupart des chauffeurs sont souvent à deux doigts de se transformer en chauffards, quand ils ne le deviennent pas effectivement. Tout ça pour gagner quelques secondes sur le trajet et quelques dollars dans leur journée. Oh, je peux les comprendre, avec la crise et l'explosion du prix de l'essence… Mais ça ne risque pas de s'arranger, et ils n'ont pas encore compris que rouler doucement, sans à-coups, est préférable en termes d'économies de carburant, à foncer comme un malade pour ensuite piler aux lumières ! Je ne suis pas Fangio, la vitesse n'est pas ma tasse de thé et j'ai le mal des transports. Les chauffeurs qui roulent trop vite ou trop brusquement m'incitent donc à prendre les transports en commun plutôt que de faire appel à leurs services, quitte à mettre ma patience à l'épreuve et à me plaindre des temps d'attente des bus, surtout le soir.

Prendre un taxi, c'est un véritable jeu de hasard. Bien sûr, j'ai déjà été conduite par des gens responsables et sympathiques, mais j'ai aussi connu ma part d'inconscients. Je me souviens notamment d'un soir où, à la suite d'un appel au central pour demander un taxi, l'Autre et moi-même en avons vu deux arriver en même temps devant notre porte. Les chauffeurs n'ont alors rien trouvé de mieux à faire que de s'engueuler copieusement, l'un barrant plus ou moins la route à l'autre et tentant de nous faire monter dans son véhicule… Nous étions déjà en retard, sinon je crois que nous aurions renvoyé les deux. La situation était franchement ridicule, mais surtout angoissante, car la colère n'incite pas à la prudence au volant, ce dont nous avons pu nous rendre compte très vite.

Il y a aussi de bons moments, des rencontres avec des gens de partout dans le monde, colorés et souvent exubérants, parfois devenus chauffeurs de taxi faute de trouver un emploi dans leur branche. C'est ainsi qu'il est possible de faire connaissance avec des ingénieurs, au volant des taxis de notre métropole, ou peut-être même des médecins, qui sait ?, ces professions contingentées étant soumises aux diktats protectionnistes des corporations professionnelles… Mais ça, c'est une autre histoire.

Festivals.

L'automne, c'est la saison des couleurs sur les arbres, mais aussi celle des festivals de conte. De la mi-septembre au début de novembre, ceux-ci se succèdent à un rythme effréné : aux Îles-de-la-Madeleine, en Estrie, au Lac Saint-Jean, à Lévis et j'en passe… L'Autre et moi sommes conteurs, entre autres choses. Et nous avons ainsi l'occasion de découvrir un peu de notre belle province, au fil de nos déplacements « professionnels ». À vrai dire, je ne peux pas, à proprement parler, qualifier ces activités de « profession », car nous n'en vivons pas – je traduis, il programme –, mais cet art de la parole méconnu et pourtant universel n'en est pas moins un travail qui réclame une éthique et entraîne des responsabilités, ne serait-ce qu'envers le public.

L'artiste est un travailleur comme les autres, et la parole relie les gens entre eux depuis la nuit des temps, partout dans le monde. Le conte est un lien intergénérationnel fabuleux, une façon de faire revivre un imaginaire oublié, de s'inventer un univers… Les possibilités sont immenses. Et que de beaux souvenirs ramenons-nous dans nos bagages de conteurs !

Tel ce vieux monsieur, un peu bancal, qui vient me faire la bise à la fin d'un spectacle et me dire, avec simplicité, que grâce à nous et à nos histoires, il a retrouvé le goût de conter sa famille à ses petits-enfants; ou ces ouvriers d'un chantier naval, plus habitués aux bruits des outils qu'à la douceur de la voix et aux images qu'elle fait naître, mais qui se surprennent à aimer nos contes, qui viennent nous le faire savoir et en profitent pour nous parler de leur quotidien pas toujours facile, dans un secteur où l'emploi est bien précaire. Sans parler des rencontres avec d'autres artisans de la parole, venus des quatre coins du monde. De belles découvertes et de beaux moments, même si parfois l'organisation fait défaut et que des cahots parsèment la route. Mais sans cela, que resterait-il au conteur à raconter, une fois de retour chez lui, dans sa famille ?

La brume se lève
Sur un voilier en attente
Soupir des montagnes

Températures.

La propension des Québécois à se plaindre de la température, quelle qu'elle soit, m'impressionne. Le mercure descend ? Ils geignent sur l'hiver et la rudesse du climat. Le mercure monte ? Ils se lamentent sur l'été, trop chaud et trop humide. Ce matin, à la caisse du supermarché le plus proche de chez moi, la caissière et sa cliente rouspètent avec ardeur contre le froid qui vient tout juste de pointer son nez et affirment haut et fort qu'elles préféreraient être au début du printemps. Je n'ai pas pu m'en empêcher : je leur ai gentiment fait remarquer qu'elles n'apprécieraient pas autant la douceur et le renouveau du printemps s'il n'y avait, avant, un bel hiver pour faire contraste ! Devant leur air d'incompréhension – et peut-être aussi de leur « de quoi je me mêle ? » presque palpable –, je n'ai pas insisté et j'ai passé mon chemin.

Ce genre de scène, assez surréaliste pour l'immigrante que je suis, se déroule chaque jour, à peu près n'importe où : au bureau, dans les ascenseurs, les taxis, les magasins.

La température est *le* sujet de prédilection des gens en société. Et ils ont été servis, cette année, car l'été a fait jaser : il a plu, en quantités potentiellement supérieures aux années précédentes – au moins en apparence, car je n'ai pas cherché à vérifier le total réel des précipitations. Mais pour moi, il a, sommes toutes, assez peu mouillé. Nous n'avons connu que des averses et des orages, et non des journées entières de mauvais temps. Pas de quoi fouetter un chat ! De là à clamer que « nous n'avons pas eu d'été », je trouve ça un peu fort. Le temps gris n'a pas empêché la tenue des multiples festivals et autres activités extérieures, que je sache. Et la couverture nuageuse, certes très constante, a permis de limiter la chaleur, ordinairement tropicale, de Montréal à la « belle saison »... Il faudrait savoir ce que l'on veut, à la fin !

Neiges éternelles
Dans nos cœurs apeurés
La terre tremble

Écureuils.

L'écureuil, c'est l'animal emblématique de Montréal, s'il en est. Un bestiau à l'apparence d'un gros rat, sauvé par sa belle queue touffue et sa curiosité insatiable. Sa faim inextinguible, aussi. Certes, l'hiver est dur dans le coin, mais certains écureuils semblent accumuler de la graisse pour plusieurs années ! Il est très drôle de les voir, à l'automne, ramasser, creuser, gratter, enfouir leurs trésors à des endroits improbables, dont on se demande s'ils vont les retrouver un jour. À les voir, quelque temps plus tard, chercher, creuser, gratter en différents endroits d'une même zone, dans une recherche frénétique et souvent vaine, on est en droit de se poser la question. Où est passé l'instinct animal ? Il reste bien quelque sauvagerie en eux, mais elle ne se loge pas dans leurs rapports aux humains. Les écureuils n'ont pas peur de nous, mais peut-être devrions-nous les craindre, parfois.

Je me souviens d'une pause repas prise en centre-ville, avec l'Autre, le jour de mon examen de citoyenneté. Nous avions été acheter des sandwichs pour ensuite nous installer au soleil et les déguster tranquillement. Quasiment seuls en raison de l'heure tardive et de la fraîcheur de l'air, assis sur un banc, place du Canada, au pied des grandes tours, nous avions commencé à manger… et nous nous étions littéralement fait agresser par des écureuils, montés sur la table, à quelques centimètres de nous, qui tendaient leurs pattes griffues vers nos mains pour tenter de nous ôter le pain de la bouche. Très vite, les mouettes, les pigeons et les moineaux se sont mis de la partie. N'eût été la présence des écureuils, nous aurions pu nous croire dans le célèbre film d'Hitchcock !

L'imagination se perd alors dans des scénarios fantastiques, mettant en scène une bande d'écureuils voleurs, force phénoménale grâce à leur nombre et à leurs griffes, attaquant et détroussant les humains imprudents qui s'aventureraient sur leur territoire… Impossible ? Ce jour-là, nous avions beau les repousser, ils revenaient à l'attaque encore et encore, à peine refroidis par notre humeur de moins en moins rigolarde. Pour finir, notre repas avalé bien plus vite que prévu, nous les avons laissé grappiller les miettes et avons trouvé refuge chacun de notre côté : l'Autre a réintégré son bureau, j'ai repris la direction du métro…

Quand je pense que les touristes, naïfs, les traquent, armés de leur seul appareil photo, émerveillés par ces charmantes bestioles aux yeux vifs et curieux.
Trop vifs pour être tout à fait inoffensifs.

Ratissage.

Ça y est, la première neige est arrivée. Elle est bien tôt, cette année. C'était après une longue journée de pluie, sombre et déprimante (la queue de quel ouragan ?). Tard en soirée, les températures ont enfin baissé suffisamment pour que l'eau se change en neige, en délicats flocons, et quelques centimètres sont ainsi tombés au fil des heures. En plein milieu de la nuit, je me suis levée, tirée de mon sommeil par… par quoi, d'ailleurs ? Un bruit, le vent, la luminosité extérieure différente ?

J'en ai profité pour contempler quelques instants tout ce blanc qui tombait du ciel noir et qui recouvrait la route, bien à l'abri derrière la vitre de la chambre. Avec une pensée fugitive pour tous ceux qui n'avaient pas cette chance, tous ceux qui traînaient encore dans les rues à cette heure tardive. Quelque part en centre-ville. Car il n'y avait personne en vue dans mon quartier, pas même une voiture pour laisser ses traces sur le ruban d'asphalte, d'un blanc uniforme et éphémère. Quelques minutes, peut-être quelques heures encore, avant que cette blancheur ne soit déflorée par les traces de la vie urbaine. Le lendemain matin, à mon réveil, tout avait déjà presque disparu.

Le froid et les précipitations avaient sonné le glas des dernières feuilles de notre bel automne : tombées, détrempées, gelées, elles recouvraient le sol d'une épaisse couche tirant sur le brun, parsemée de tâches claires. Les arbres paraissaient soudain bien tristes, dénudés et maigres, étirant leurs branches vers le ciel gris. Seuls quelques éclats de couleurs s'accrochaient encore ici et là. Sur la galerie, le blanc a perduré, translucide, glacé. Les prémisses d'un hiver pourtant encore lointain : l'Halloween n'est pas encore passée !

Aujourd'hui, quelques jours après ce premier avertissement hivernal, le soleil est de retour et il ne reste rien du fin tapis blanc. Il fait doux, presque chaud, et tout le monde profite de ce répit pour s'activer dehors; chacun sait que c'est une des dernières occasions de travailler dans le jardin. Tous ceux qui n'ont pas encore ramassé les feuilles sont sur le pied de guerre. Râteaux et brouettes sont de sortie ! Certains, peut-être trop indolents (ou trop paresseux ?), ont préféré sortir l'artillerie lourde, la souffleuse pour rassembler les feuilles en tas informes : le cri de la bête, désagréable, est strident et continu. Adieu les bruits légers d'un après-midi foisonnant : pépiements d'oiseau, froissement des feuilles dérangées par des écureuils affairés, bruissement du vent…

D'autres se dépêchent d'installer d'ultimes décorations orangées, en prévision de la tournée des petits monstres de ce soir. Les rues vont être envahies, un déferlement de gamins déguisés va passer dans les maisons réclamer des friandises : c'est l'Halloween !
Sur le qui-vive, il va falloir distribuer, encore et encore. Mains collantes et lèvres chocolatées seront au programme de la soirée. Ou de la fin de semaine, pour les plus prudents. Ceux dont les parents

surveilleront attentivement la goinfrerie. Crises de foie en perspective ?

Demain, c'est le jour des Morts, mais je parie que tous ou presque l'auront oublié.

Ma ville

Seule au creux de la nuit,
Dans les bras d'une ville endormie
Sourde aux plaintes du vent,
Damnée de l'exil en sursis

Je tourne, je tourne, désarticulée
Unijambiste ivre de liberté
Le gravier crisse, tes artères grondent,
Personne ne m'attend ici.

Halo blême des lampadaires
Écho de vie, illusion de sécurité,
La lumière vacille dans les âmes perdues
Que tu dévores sans pitié.

Mais rien n'est éternel,
Et les fissures parsèment ton corps
Blessures implacablement fatales
Tu n'es qu'artifices, reniée et bientôt disparue.

De mon Enfer, je contemple ta déchéance
Lentement grugée par le Temps
Nécrosée par tes propres enfants
Ma ville, sans remords ni regret.

Brume.

Le monde est trouble ce matin. Même le boulevard se perd dans le flou, au loin, et les voitures se dissolvent au fur et à mesure qu'elles s'éloignent. Une brume sèche a envahi l'espace au ras de la terre, au ras de la chaussée, au ras de la vie. Il fait bien trop chaud pour un mois de novembre !

Depuis plusieurs jours, j'ouvre grand les fenêtres de l'appartement l'après-midi, en me répétant chaque fois que c'est probablement la dernière occasion d'aérer avant la venue de l'hiver et de son grelottant compagnon.

Été indien (très) tardif ou caprice de la météo ? Le temps nourrit les conversations… et ce brouillard qui n'en est pas un étend sa magie sur tout, avec légèreté, rendant choses et gens étranges : le chat réintègre une chambre dont il avait refusé de fouler ne serait-ce que le sol – ne parlons pas du lit – depuis des semaines, pour une raison connue de lui seul; le sympathique fleuriste du coin m'offre des fleurs et je sors de la petite boutique avec de magnifiques lys blancs, alors que je passais juste acheter de l'engrais pour mes plantes d'intérieur – geste sincère et sans arrière-pensées, gentillesse spontanée pour me remercier de mon écoute; le ballon, énième de son espèce et victime toute désignée, a semble-t-il refusé de subir son sort et de finir sous les roues d'une voiture, en s'obstinant à demeurer dans l'enceinte grillagée de l'école d'à côté, malgré les coups de pied répétés des gamins turbulents; et enfin, la voisine a souri aujourd'hui, du haut de ses marches…

Une bien belle journée, en vérité.

Brouillard d'étoiles

Voile opaque et éphémère

En grand mon cœur s'ouvre

Tempête.

Je suis toujours surprise par la réaction des Montréalais face aux premières tempêtes de neige de l'hiver : on dirait qu'ils ne s'y attendent pas ou qu'ils ont oublié à quel point la neige peut s'accumuler et perturber le fonctionnement normal de la ville en son entier. Cette année n'a pas fait exception à la règle. Il est vrai que cette première tempête s'est révélée quelque peu inattendue. La météo avait été fort optimiste dans ses prévisions, et personne ne pensait que plus de vingt centimètres allaient nous tomber dessus ! Du coup, la circulation s'est retrouvée très ralentie, et j'ai dû attendre mon bus pendant plus d'une heure. Quand celui-ci a fini par arriver, il a dû s'arrêter à tous les arrêts pour ramasser de véritables bonhommes de neige râleurs... Qui était en retard pour un souper, qui pour un cours à l'école, qui pour un rendez-vous. Et le pauvre bus peinait à se sortir des bancs de neige accumulés à chaque abribus, le chauffeur devant en plus prêter une attention plus que soutenue à ce qui se passait sur la chaussée : les gens ne savent plus conduire quand il neige et perdent toute civilité. La journée a été bien longue pour tous, usagers comme chauffeurs...

Mon humeur n'était pas non plus au beau fixe, mais le dernier chauffeur que j'ai croisé hier m'a réconcilié avec la STM. Il prenait les choses avec bonhomie et un sourire aimable. Je lui en ai été gré, d'autant plus qu'il avait choisi de faire une tournée supplémentaire plutôt que de rentrer au dépôt. Ça, c'est du service à la clientèle ! Dommage que tout le monde n'ait pas le même esprit, surtout en cette approche des fêtes de fin d'année... La recherche des cadeaux, l'organisation des repas, tout concourt à rendre la population plus stressée qu'à l'accoutumée. Je ne suis déjà pas très portée sur le magasinage en temps normal, mais là, c'est encore pire. Comment voulez-vous garder foi en l'humanité en croisant cinquante Pères Noël blasés dans une même journée, entourés d'une foule pressée et conditionnée pour la consommation à tout prix ? Sans oublier la fournaise des magasins en hiver, quand il faut se déshabiller à l'intérieur comme si c'était l'été et se remballer pour sortir car il fait moins 20° dehors...

Tiens, moi aussi je commence à me plaindre de la température. Ce doit être l'intégration.

Lendemain.

Un lendemain de tempête qui chante, comme on dit. J'aime me promener dans mon quartier, une fois que la neige a cessé de tomber, et admirer le blanc qui s'est déposé partout. Un blanc lourd, épais, qui recouvre tout et étouffe les bruits de la circulation, déjà bien ralentie. Seuls les crissements de mes chaussures sur la neige rompent le silence, accompagnés par les bruits des raclements de pelle alentours. Les gens sont occupés à dégager leur voiture, leur allée, leur escalier…

J'ai déneigé les accès de ma maison, moi aussi, et il m'a fallu une bonne heure pour ce faire, car le grésil de la veille au soir avait déposé une couche de glace sur toute la neige tombée, couche à son tour recouverte de flocons légers et abondants. Il a donc d'abord fallu casser les blocs gelés, avant de pouvoir enlever la neige. C'était sacrément lourd ! Et pénible, sauf à considérer ce pelletage comme un exercice physique sain et vigoureux. Une suée pour sortir le méchant du corps. Un bon bol d'air, une activité hivernale comme une autre. Le paysage créé par la tempête vaut bien quelques désagréments mineurs, après tout. Car tout est magnifique, dehors. Les arbres ploient sous le poids de la neige et de la glace, qui forme une véritable gangue le long de leurs doigts nus tendus vers le ciel. Le paysage brille de mille feux. C'est beau, d'une beauté pure, une beauté éclatante et diaphane, qui pare la ville entière de son voile gelé…

Peu importe que le pouls de la ville soit ralenti, que plus rien ne fonctionne comme à l'habitude. Le temps a tout son temps, lui, et se moque pas mal des pauvres citadins pressés incapables de s'adapter à sa nature primesautière… Moi, je marche lentement, en savourant pleinement le rythme de cette brèche temporelle dans nos vies trop bien ordonnées, et je souris.

Corps nus déployés
Saison des arbres qui dansent
Figés par le gel

Fêtes.

L'année tire à sa fin, alors même que l'hiver, lui, ne fait que commencer… Les jours sont au plus court, le soleil nous laisse sur notre faim de lumière, le froid s'insinue entre les couches de vêtements, mais les rues de la ville se parent de mille couleurs. Un Halloween pauvre en décorations m'avait fait craindre que la récession économique ne touche aussi les lumières de Noël, mais non : celles-ci sont bien au rendez-vous. Fidèles, année après année, à l'esprit de fête de cette période particulière. Sur les façades, sur les rampes d'escalier (pauvre facteur !), sur les balcons.

Chez moi aussi, des guirlandes décorent la galerie. L'Autre et moi avons aussi acheté un sapin, qui embaume tout l'appartement. Et nous avons placé tous nos cadeaux sous l'arbre, comme autrefois, quand j'étais petite. Des petits paquets colorés, de tailles variées, sans ostentation. Sans ruban non plus, à cause du chat, un peu trop curieux et joueur.

Cette année, c'était d'ailleurs un Noël en famille, ce qui n'arrive pas souvent. En fait, c'est la première fois depuis que l'Autre et moi vivons ensemble, loin de nos familles respectives, et il s'agissait plutôt d'un Noël en « demi-famille », car seuls ses proches étaient venus à cette occasion. Les miens nous avaient rendu visite plus tôt dans l'année. De toute façon, la maison est bien trop petite pour accueillir deux familles au complet ! Et mon courage subit la même limitation…

Car, pendant une semaine, ça a été l'invasion. Une invasion agréable, la plupart du temps, mais une invasion quand même : il n'y avait plus une pièce de mon chez-moi qui était encore chez moi, sauf notre chambre. Même le chat avait perdu ses repères. Au contraire de lui, je pouvais me raisonner et prendre mon « mal » en patience. Toutes les « pièces rapportées », quel que soit leur degré d'imbrication dans la couverture tissée serrée de la famille originelle, éprouvent-elles les mêmes sentiments ? Je me sentais très minoritaire au milieu d'un clan que je connaissais à peine. Et pour cause ! Les quelques six mille kilomètres qui nous séparent d'ordinaire ne facilitent pas le rapprochement… Mais j'ai survécu. Pas toujours dans le calme et la bonne humeur, il est vrai, mais sans pertes ni fracas non plus. Le naufrage est évité, la terre est en vue, oyez matelots !

Aujourd'hui, je savoure le calme retrouvé. Je ne regrette rien, et surtout pas la venue de ma belle-famille, mais il faut avouer qu'il est plaisant de retrouver ses marques.

Il me reste un an pour me préparer, et préparer l'Autre, advenant le cas où, de mon côté…

Résolutions.

Étrange comme en ce siècle de progrès, de modernité et, bien trop souvent, de reniement du passé, nous conservons la tradition des bonnes résolutions de début d'année… Je n'échappe pas à la règle – mais en tant que conteuse, même contemporaine, ne suis-je pas « porteuse de traditions » ? – et l'exercice est toujours aussi délicat. Ni l'âge ni la maturité n'apportent de réponses toutes faites, pas plus qu'ils ne fournissent de motivation ou de volonté absolue. Il faut se contenter de petites choses, de promesses qu'on sait pouvoir, avec un peu d'efforts, tenir au fil des mois à venir.

Travailler sur moi, sur mon énergie, sur ma créativité, voilà ma résolution pour cette nouvelle année. Je me souhaite une année pleine de lenteur délicieuse, une année où je prendrai enfin le temps de prendre le temps. Une année d'exploration personnelle, en dehors des contraintes habituelles de (manque de) temps ou (d'excès de) responsabilités – il ne tient qu'à moi de refuser ces contraintes que je m'impose par rapport aux autres, à mon travail, à… rien d'essentiel, dans le fond, sauf à un état de stress permanent. Je n'ai pas besoin de décrocher la lune pour vivre, quelques étoiles suffisent à mon bonheur ! Cela ne veut pas dire que le monde qui m'entoure n'existera plus : je serai toujours présente pour autrui, car la générosité – pas forcément sous forme pécuniaire, plutôt en terme de disponibilité – reste pour moi une valeur fondamentale, surtout dans une société aussi individualiste que la nôtre. Les autres font partie intégrante de mon univers. Les autres et l'Autre. Mais je veux, pour une fois, m'accorder le droit de ralentir, de m'occuper de moi et me donner l'espace pour ce faire. Égoïste ? Peut-être bien. Un peu. Mais tout est toujours relatif en ce bas monde, comme chacun le sait – ce n'est pas Einstein qui me contredira.

Alors bonne année à tous, jeunes et vieux, pauvres et riches, faibles et puissants, bons et moins bons, mécènes et grippe-sous... Je vous souhaite le nécessaire, un peu de superflu et, surtout, une année à votre image !

Le vieux pêcheur dort
Dans une chaise berçante
La mer immobile

Sibérie.

Une vague de froid s'est abattue sur notre belle région ces derniers jours, et les températures sont descendues dans le tréfonds d'un thermomètre grelottant. Un temps pour se calfeutrer et « *cocooner* » sans arrière-pensées… sauf pour les sportifs et les allumés. Les gens m'ont d'ailleurs prise pour une folle en me voyant sortir mon vélo et pédaler allègrement dans les rues de la ville !

Emmitouflée dans mon gros blouson, engoncée dans mon sur-pantalon, la tuque doublée d'un bandeau pour les oreilles et d'une capuche pour protéger le tout, les doigts enfoncés dans deux épaisseurs de gant et les lunettes sous un masque de ski, me voilà prête à affronter les rigueurs de l'hiver ! Le plus long, dans le fond, ce n'est pas le trajet pour aller m'entraîner et suer au karaté, mais bien l'enfilage de toutes ces couches et ces surcouches…

Même sans avoir de voiture à dégager ou de place de stationnement à trouver, je dois prévoir de partir beaucoup plus tôt qu'en toute autre saison, comme tout un chacun en hiver. Mais à durée globale égale, pollution bien moindre et dépense physique nettement supérieure; le jeu en vaut bien la chandelle. Quoique, à l'arrivée au dojo, mon *karategi* (cet uniforme blanc que portent les karatékas) est soudain bien froid. Glacé, même. Brrr ! Et la côte de Sherbrooke est bien dure à remonter après le cours, ce soir-là, tout comme la longue ligne droite jusqu'à Rosemont s'étire, s'étire… à n'en plus finir. Je pédale contre le froid, contre le vent, contre la fatigue.

Mais quel bonheur intense de rentrer ensuite chez soi, lasse mais vivifiée, et de se plonger sous une longue douche chaude. Un petit plaisir de la vie, simple, à savourer sans modération aucune, sauf celle qu'impose la consommation d'eau !

Paillettes.

Le froid perd de sa force et de son intensité, mais il résiste et s'accroche, tenace. La neige en profite pour se glisser de nouveau dans le paysage et reprendre sa place, doucement. Une neige fine, tellement qu'on la voit à peine. Mais régulière, insidieuse presque. Petit à petit, tout blanchit dehors et les centimètres s'accumulent au fil des heures et des jours, à coups de millimètres imperceptibles. Traîtrise du temps, distorsion de perception, et pourtant ce caprice de la météo est d'une beauté unique et fugace, vouée à disparaître à peine éclose. Les flocons sont si légers, si fins qu'on dirait des paillettes qui pleuvent sur le monde. Les trottoirs brillent, la chaussée, les voitures, tout est recouvert d'une fine pellicule étincelante. La couche de neige accumulée sur les pelouses et dans les parcs luit à la lumière des lampadaires : des éclats de diamant piquètent l'épais manteau blanc, lui donnant une toute autre allure. Le vent lui-même s'adoucit mais refuse cependant de se faire complètement oublier et, léger, il pique la peau du visage et gèle la respiration, comme pour nous rappeler le vrai visage de janvier, celui qui reprendra très vite le dessus. Mais le cœur est à la fête devant tant de beauté et seules les rougeurs sur mes pommettes laissent transparaître l'hiver.

Ce soir, la chaleur vient de l'intérieur.

Printemps.

Ça y est, les Québécois vont arrêter de geindre : le printemps est à notre porte ! Je ne parle pas du printemps calendaire, bien sûr, mais du « vrai » printemps, celui qu'on voit dehors, en passant le nez à sa fenêtre. C'est le temps des perce-neige, des bourgeons et des petites pousses vert lime sur les arbres, de la pelouse qui renaît, des beaux tapis de pissenlits (quoi qu'en disent les acharnés de pelouse parfaite). Le temps des tulipes et des lilas qui fleurent bon. Je n'ai qu'à mettre le pied sur ma terrasse pour profiter du doux parfum des lilas du voisin, en pleine floraison. Le mercure remonte, l'humidex fait sa réapparition sur le site de Météomédia… et les gens recommencent à râler ! Pluie, humidité, chaleur… Et quoi, encore ? C'est vrai que le temps occupe ici une bonne partie des conversations. Mais après tout, ce n'est pas pire que la politique et ça ne porte pas à conséquence. À mon tour d'arrêter de me plaindre, je n'ai rien de mieux à proposer pour les rencontres superficielles d'ascenseur ou de couloir.

Renouveau de vie
Une branche de bouleau
Sur l'herbe se meurt.

Rencontres.

J'habite tout près du parc Maisonneuve et du magnifique jardin botanique de la ville. J'aime cette proximité à la fois reposante et vivifiante. Étant travailleuse autonome, je dispose de mon temps plus facilement que d'autres. Inutile de préciser que l'absence de télévision au sein de mon foyer incite aussi à bouger davantage… Je profite donc énormément de ces espaces verts pour me promener, prendre l'air, humer les senteurs d'herbe coupée, de fleurs, de pourriture aussi (rien ne vaut une odeur de champignons dans un sous-bois à l'automne). J'aime observer le vent dans les branches du vieux saule, au bord de l'étang; l'eau qui stagne dans les cuvettes à la fonte de la neige; admirer la lanterne du jardin japonais avec les pommetiers en fleurs; sentir les magnolias; bref, sortir de mon quotidien citadin et me retrouver.

Mes promenades donnent lieu à toutes sortes de rencontres imprévisibles. Comme cette fois où je suis allée, comme souvent, faire du qi gong et du taï chi au jardin japonais, et m'imprégner de l'atmosphère si particulière qui y règne. L'hiver n'avait pas encore complètement rendu les armes, le thermomètre frileux et le ciel gris avaient suffi à dissuader les promeneurs. J'étais seule, je n'avais croisé âme qui vive sur mon chemin. C'est alors que j'ai vu les deux rapaces perchés sur « mon » arbre, celui que j'appelle mon ami et que je salue chaque fois en pénétrant dans l'enceinte du jardin du Japon, en posant mes mains sur son écorce pour sentir un peu de sa force et de son énergie brute. L'un des rapaces, gris, la poitrine claire mouchetée de beige, perché sur une des plus grosses branches, tenait une proie dans ses serres. Ma présence le dérangeait et il a très vite pris le large pour aller déchiqueter sa malheureuse victime tout à son aise un peu plus loin. L'autre – était-ce le mâle ou la femelle ? – est resté perché sur sa branche, au-dessus de moi, tout au long de mes exercices, comme un observateur, à la fois témoin et ange-gardien à l'œil aiguisé. Une fois ma pratique terminée, je l'ai remercié de sa compagnie et son regard vif a continué à me suivre jusqu'à ce que je le perde de vue.

Ce même jardin a vu nombre de rencontres tout aussi étonnantes, comme celle de ce héron pêcheur de truite japonaise, obligé de composer avec une oie colérique qui ne tolérait qu'à grand-peine son intrusion sur le bassin. Un œil fixé sur l'oie, son attention tiraillée entre le poisson difficile à attraper dans le sens requis par son gosier et les quelques spectateurs attirés par le spectacle, il a fini par opter pour le retrait, sans toutefois lâcher sa proie. Un héron en vol, c'est beau.

Parfois, des gens s'arrêtent et me regardent pratiquer. Curieux, pour la plupart. Je me souviens de cette femme, sourde et malvoyante, qui, un jour, m'a demandé la permission de copier mes gestes. Ce n'est qu'à la toute fin de ma routine, alors que je m'apprêtais à partir, qu'elle m'a avoué qu'elle y avait puisé un peu de réconfort et de paix, elle qui vivait un deuil difficile… Ce jour-là, mon cœur a vibré et le temps s'est arrêté.

Une autre fois, j'ai aperçu une silhouette, au loin, qui me regardait, sans s'approcher ni même bouger. Je sentais son regard sur mes gestes plus que sur ma personne. Elle aussi (car c'était également une femme) a attendu de me voir reprendre mon sac, posé au pied de « mon » arbre, pour venir me parler. Mais ce qu'elle m'a dit restera longtemps gravé en moi : pendant ce moment de lenteur assumée, elle avait eu l'impression que « le monde bougeait avec moi »...

Ces petits riens, si brefs mais si riches, sont des trésors que je chéris.

Chasseur d'étoiles, dompteur de lune,
Le bras tendu, les yeux fermés,
Laisse le souffle de la nuit
Balayer tes doutes et réchauffer tes rêves.

Tu es l'ami des elfes,
Et le Temps te regarde.

(Tempus fugit – fragments poétiques)

Actualités.

L'univers est comme un vieux bonhomme, si vieux qu'il lui reste encore des millénaires de patience, de fusion, de froid et de vide. Un vide plein, un rien qui fait tout. L'humanité, elle, me déprime. Il n'y a qu'à s'intéresser aux actualités pour avoir le cafard ou, pire, sombrer dans la psychose.

Nos craintes sont si immédiates et nos peurs si irraisonnées que nous semblons incapables de voir que le genre humain court à sa perte. Par sa propre faute. Réchauffement climatique, guerres, armes de destruction toujours plus sophistiquées, bêtise et ignorance humaines, religion de camouflage, surconsommation, j'en passe et des meilleures.

Et pourtant, malgré tout cela, je ne perds pas espoir – ce n'est pas moins fou que d'avoir la foi. J'essaie de faire ma part, d'agir de façon responsable, tout en me demandant constamment si cela sert à quelque chose. Un petit geste peut changer bien des choses, mais la terre en est rendue à un point tel qu'il faudrait bien plus que des gestes isolés pour faire une différence. L'humain humanitaire est-il une utopie ? J'aime à croire que la nature survivra.
Qu'elle *nous* survivra.

Déracinée, oubliée
Sur la roche lisse
(S'é)coulent des larmes amères

Chaleur.

L'été est de retour, et avec lui l'humidex, cette mesure du « degré d'inconfort ressenti par le corps humain lorsque l'air ambiant est humide ». J'ai toujours du mal à comprendre les réactions des Québécois vis-à-vis des températures et des saisons, même après sept années passées dans ce beau pays. Comment peut-on détester à ce point l'hiver et aimer un été aussi humide ? Cela reste un vrai mystère pour moi qui ne supporte pas la chaleur moite de la cuvette montréalaise. Je considère que les vrais beaux jours sont ceux du printemps et de l'automne, quand l'air est doux, le soleil présent, la nature exubérante et les nuits fraîches. Les mois d'été ne sont qu'une parenthèse à supporter, bon an, mal an, en espérant que les orages rafraîchiront quelque peu une atmosphère digne d'un sauna. Au moins, je me paie de franches rigolades en entendant des touristes s'étonner d'avoir emmené des vêtements trop chauds, alors qu'ils constatent, ébahis, que le cliché « Le Québec, c'est l'hiver » ne s'applique pas vraiment à la « belle » saison !

Une belle saison envahie d'insectes languides, abrutis de chaleur, avides du liquide désaltérant qui coule dans nos veines gonflées, qui bruissent autour de nous, emplissant nos oreilles de leur *bzz* exaspérant. Des odeurs de citronnelle et de géranium odoriférant se répandent alors sur ma terrasse, dans une vaine tentative pour repousser ces envahisseurs. J'aimerais tant pouvoir profiter de la douceur de l'air nocturne après une journée collante et suante. Qu'il est agréable, alors, d'aller s'étendre sur l'herbe épaisse, dans un parc ou sur la pelouse des voisins, et d'imiter le chat, étendu de tout son long à l'ombre de la haie, sur la terre fraîche et odorante !

Ces petits moments de bonheur tranquille, volés à l'été torride et à ces importuns alliés ailés, me sont précieux justement parce qu'ils surviennent dans un « environnement hostile » et inconfortable – du moins à mes yeux d'indécrottable « laine impure ». Ainsi, et d'une certaine façon, on peut dire que je chéris moi aussi l'été... même si j'attends sa fin avec impatience !

Renaissance végétale
Ocre de la terre
Une fourmi (noire) s'affaire.

Célébrité.

J'écris, je dessine, je photographie et je conte le monde qui m'entoure. Mais pourquoi ? Est-ce pour devenir célèbre un jour ou, plus réalistement, pour satisfaire un besoin de notoriété, ne serait-ce que locale ? En toute honnêteté, si je visais un tel but, je pense qu'il faudrait me tourner vers une autre carrière pour espérer « percer » dans notre société. Non, je ne fais pas tout ça pour ça. À mes yeux, la célébrité est un concept très surfait, un moyen d'obtenir une forme de reconnaissance superficielle, une considération illusoire, peut-être aussi d'avoir le sentiment d'être utile à ses pairs. Mais c'est un moyen factice, trompeur, et il est facile de s'y noyer. De s'y perdre, corps et âme. Enseveli sous les vagues d'une gloire vaine, de l'argent facile... et de la vanité d'une telle popularité, qui satisfait rarement. Il n'y a qu'à voir tous ceux qui veulent et qui cherchent toujours plus, par tous les moyens. Y compris en se tuant à petits feux, à la recherche de sensations fortes et d'une autre forme de reconnaissance – à la recherche d'eux-mêmes ?

Quand nous rêvons, nous imaginons souvent l'avenir – *notre* avenir – et nous nous définissons toujours ou presque par rapport aux autres et à ce qu'ils éprouvent pour nous ou vis-à-vis de nos actions. L'Homme est un animal grégaire, fondamentalement. Pourtant, notre société en fait des individualistes féroces (ah, le « chacun pour soi » !)... et mésadaptés. Comment s'étonner alors de l'échec d'une telle vision ?

Je ne veux pas être reconnue dans la rue, je ne veux pas que qui que ce soit envahisse ma sphère privée, ma bulle personnelle, ma zone vitale. J'écris pour vivre, pour exprimer ce qui, en moi, crie pour sortir et voir la lumière. Je dessine, je conte, je photographie pour mieux saisir ces instants fugitifs de vie, ces moments sans importance et si éphémères qu'ils en deviennent précieux. J'aime rendre hommage à l'énergie qui nous entoure et qui nous traverse, que les orientaux nomment le *Qi*.

Non, je ne suis pas une mystique, j'ai les pieds bien sur terre, mais la tête dans les étoiles !

Pluie.

Ce matin, il pleut. Ça tombe dru, dehors. C'est l'été et toute cette eau ne me déprime pas. Je préfère l'humidité bien réelle, bien tangible, à celle qui sature l'air et emplit l'atmosphère sans se déclarer vraiment, celle qui fait monter ce fichu humidex.

J'aime la pluie, ce cadeau de l'univers. Cette vie qui nous vient à la fois de la terre et du ciel, dans un cycle sans fin, sans cesse renouvelé. Une énergie bienfaisante dont nous ne pourrions nous passer. Lorsqu'on considère la pluie sous cet angle, on constate qu'il n'y a plus rien de triste à regarder les gouttes tomber. Ces gouttes qui dessinent une guirlande sur ma corde à linge, suspendues dans le vide, comme de minuscules bulles transparentes mises à sécher là par une main bien plus délicate que la mienne (non, ce n'est pas celle de Dieu, pas pour moi).

Sans compter que, comme le disait fort justement ma mère : « tu n'es pas en sucre, tu ne vas pas fondre ! » Alors profitons-en et retrouvons notre âme d'enfant et nos envies de sauter à pieds joints dans les flaques en riant sous les averses.

Et puis, l'eau résiduelle, celle qui s'accroche aux fleurs et aux feuilles, est si jolie après la pluie. Elle brille et elle dessine, elle rehausse et elle transforme. Elle fait naître un sourire sur mes lèvres et dans mon cœur. Il est si simple, dans le fond, d'illuminer une journée morose et grise. Seul le pauvre matou déprime dans son coin…

Méditation.

Depuis que j'ai repris ma santé en main et que j'ai commencé le travail énergétique, je m'adonne également à la méditation, cette pratique mentale millénaire… et beaucoup plus difficile qu'il n'y paraît ! Les concepts sont pourtant simples : atteindre un état de paix intérieure en apaisant son esprit. Mais je mets au défi n'importe qui vivant dans une société telle que la nôtre, où le temps et la productivité sont peut-être les deux notions les plus importantes – et les plus ridicules – d'arriver à stopper le train de ses pensées suffisamment longtemps pour se perdre en lui-même…

La petite machine qui tourne et vrombit dans notre cerveau est bien difficile à mettre en veille, même temporaire, car elle ne connaît ni la grève, ni les congés. Bien sûr, il existe des techniques de méditation, et elles sont aussi variées qu'intéressantes. Pour ma part, je profite de ces instants seule avec moi-même pour ressentir l'énergie qui circule en moi, dans mes veines, dans mes os, dans mes cellules; cette énergie qui vibre aussi tout autour de moi, comme des vagues de brumes sur une route surchauffée. J'en profite pour me reconnecter avec moi-même, me recentrer, sans trop me poser de question. Je laisse mes pensées me percuter, puis se fondre et me traverser. Elles filent alors, sans plus de consistance qu'un brouillard léger. Ici et maintenant, je n'ai aucun souci.

Pour un œil extérieur, je dois ressembler à une autiste en pleine crise, car je me balance souvent doucement d'avant en arrière en murmurant des choses incompréhensibles (un simple mantra). Mais quelle importance ? Le regard et le jugement des autres ne m'embarrassent guère – heureusement. La plupart des gens, prompts à s'arrêter sur les apparences, ne cherchent ni à comprendre ni à se mettre à la place de l'autre, celui qui les dérange et dont l'attitude les interpelle ou les choque. Et pourtant, ce simple transfert est d'une efficacité redoutable pour régler les petits différends du quotidien, ceux qui vous opposent à l'Autre ou, plus généralement, aux autres : que pense l'Autre, pourquoi agit-il comme il le fait ? Vous découvrirez alors un monde insoupçonné… et vous pourrez ensuite méditer sur vos trouvailles pendant un bon bout de temps !

Sanglots indicibles
Sous les vocalises ailées
Disparaissent au loin

Fêtes (bis).

L'été, synonyme de chaleur étouffante, est aussi le temps de la fête. À commencer par les deux fêtes nationales – si on peut dire ça ainsi. D'abord la Saint-Jean-Baptiste, LA fête de tous les Québécois (quelle que soit leur appartenance linguistique, il en va de soi pour l'immigrante que je suis); suivie, une semaine plus tard, par la fête du Canada, beaucoup moins célébrée dans notre belle province. En tant qu'immigrante francophone, j'aimerais me sentir interpellée par le nationalisme québécois et m'associer à une fête historique dont le sens profond revêt une importance particulière pour les habitants d'ici. Mais justement, j'ai l'impression que ce sens profond s'est un peu perdu au fil des années. Les jeunes que je vois, « déguisés » en pastiche de drapeau québécois, la bière à la main, le verbe haut, ont l'air de gamins fêtant le Mardi-Gras plus que de citoyens célébrant une nation... et cela me chagrine. J'essaie bien, à ma façon plus modeste, de participer : je vais me mêler à la foule pour écouter le discours patriotique et le concert au parc Maisonneuve. Qui me déçoivent tous deux plus souvent qu'à leur tour, il faut bien l'avouer.

Cette année, le discours reprenait jusqu'à la nausée le thème de l'intégration, des communautés, de la richesse culturelle du Québec. Mais tous les artistes et toutes les chansons (à une exception près) étaient québécois et francophones. Je sais bien que la question du français en est une épineuse, mais comment parler d'intégration et célébrer la diversité sans inclure ces notions dans le choix même du contenu festif ? Et permettre ainsi aux immigrants, de plus en plus nombreux, de se reconnaître eux aussi dans cette nation à la recherche de son identité moderne qu'est le Québec. Autrement dit, le 24 juin est-il la fête des Québécois ou la fête des Francophones ?

Quant au 1er juillet, c'est un jour férié. C'est déjà bien. Mais c'est aussi en plein pendant le festival de jazz de Montréal et la période des fins de baux et des déménagements. Les gens sont occupés. Et la fierté québécoise incite aussi beaucoup à refuser de célébrer une telle journée. Je ne me hasarderai pas à porter un jugement sur cet état de fait car je sais que le passif historique est lourd et je n'en ai jamais porté le poids sur mes épaules. Je suis heureuse de vivre au Québec, ça, je le sais et je le dis bien haut. Me senté-je totalement et irrémédiablement Québécoise pour autant ?
C'est un autre débat…

Crise.

La crise. Économique, mondiale, alimentaire, écologique – dans le désordre et sans aucune exhaustivité. Ce mot si petit, si insignifiant, au sens si vaste. Moi aussi, je suis frappée par la crise : mes revenus ont diminué de moitié (largement) en quelques mois... La traduction, qui est mon activité principale, est bien souvent ce qui « passe à la trappe » en ces temps de compression budgétaire – si ce n'est de personnel.

Et ce ne sont pas mes gains d'artiste et mes maigres droits d'auteur qui vont changer la donne ! Peut-être faudrait-il que je considère écrire un best-seller en me glissant dans le moule des idées qui marchent à l'heure actuelle ? Vampires, *fantasy*, romans pour adolescents. Eh oui, j'ai lu les derniers livres à succès dans le domaine... Et si une palme doit être décernée, je l'attribue sans hésiter à Ann Rice, dont l'univers fouillé semble avoir largement inspiré les personnages superficiels de toutes ces aventures sentimentales oscillant entre mièvrerie et rocambolesque, qui mériteraient bien souvent quelques centaines de pages de moins. Un avis qui n'engage que moi, et après tout, comme le disait ma grand-mère : « À chacun son sale goût. »

Dans le fond, je suis incapable d'écrire sur commande, et le résultat – si résultat il y a – serait très probablement un désastre. Je crois bien que je vais me contenter de mes vaches maigres et de mes projets pour le moment, tout en continuant à diversifier mes activités : en définitive, le travail énergétique est un créneau porteur d'avenir, surtout en temps de crise et de hausse dramatique du niveau de stress et d'inquiétude !

p. 75

Averses.

Le vélo. La bicyclette, le bicycle, la bécane, le biclou (je l'aime bien, celui-là), la petite reine. Un concept qui revient souvent au fil de ces pages, car il s'agit de mon moyen de transport de prédilection pour les courtes et moyennes distances. Hier soir, je suis rentrée de mon entraînement de karaté en poussant sur les pédales, comme d'habitude, mais sous une pluie battante d'été. Avant même de sortir du centre sportif, j'ai compris qu'il pleuvait en voyant le groupe de gens rassemblés sous l'auvent extérieur, en attente. Un simple coup d'œil au ciel, uniformément gris derrière son rideau de pluie, a suffi à me décider : l'attente risquait d'être longue, alors en route, et tant pis pour l'eau qui ruisselait de partout ! Le rafraîchissement était bienvenu, après un cours qui avait dû faire sortir toutes les toxines de mon corps sous forme liquide…

Première étape : poser mes fesses sur une selle gorgée d'eau froide. Passé quelques secondes, la chaleur de mon popotin s'est suffisamment transmise à la selle pour que la sensation ne soit plus désagréable. Et puis, il est tellement plaisant de se faire détremper dès les premiers mètres sur la chaussée ! Je suis sérieuse : j'aime vraiment ça. L'été. Quand la chaussée ressemble à un ruisseau de montagne qui dévale la pente avant l'intersection de Sherbrooke, quand la piste cyclable du parc est déserte (ce trajet rallonge un peu ma route, mais j'aime l'emprunter pour éviter les voitures qui me frôlent d'un peu trop près et un peu trop rapidement sur le boulevard, en oubliant que la pluie réduit les réflexes et allonge les distances de freinage), quand la pluie me frappe et dégouline sur mes vêtements et sur ma peau. Quel plaisir d'arriver, déjà lavée ou presque, de me déshabiller sur la galerie pour ne pas causer une inondation ou créer une mare aux canards (c'est le chat qui serait content !) au centre de l'appartement et, enfin, de me plonger sous la douche. Cela vaut tous les efforts de la soirée…

Je remercie le ciel de pleurer parfois et de laver sa tristesse sur nous et notre monde. Le célèbre dicton populaire est toujours aussi vrai : après la pluie, le beau temps. Demain est un autre jour.

Fuir pour mieux se rapprocher
Nue pied, tête en l'air
Court sous la pluie

Parcs.

Finalement, je crois avoir compris quelque chose d'important à propos des saisons québécoises : elles sont un reflet de la vie. Évident, bien sûr, mais je m'explique : s'il n'y avait pas les moments de doute et de chagrin, nos petits bonheurs passeraient inaperçus au quotidien. Et s'il n'y avait pas l'hiver, la saison estivale serait bien triste.

L'été, pour peu qu'il fasse beau, les parcs se remplissent toutes les fins de semaine de gens de tous les âges. Seuls, en couple, en famille. À pied, à vélo, en patins à roulettes. Pour se promener, faire du sport, pique-niquer sur l'herbe. C'en est désagréable pour l'usagère quotidienne des espaces verts que je suis. Les pistes cyclables sont saturées, les chemins piétonniers encombrés et les pelouses occupées comme le sable d'une plage… Mais j'ai cessé de me plaindre, car cette foule n'est au fond qu'un simple reflet saisonnier. Bouger est nécessaire et la lumière du soleil nous fait du bien. Si les gens en profitent, je n'ai rien à y redire. Je vais même plus loin : peut-être est-ce grâce à cela que le taux d'obésité est moins élevé au Canada que chez ses voisins américains, où il a depuis longtemps passé le seuil critique, surtout dans les états du Sud, les plus touchés ? Chez nous, l'hiver est long, parfois pénible, alors on veut profiter un maximum des beaux jours. Ça se tient. L'hiver a des répercussions bénéfiques sur les Québécois – de quoi arrêter de geindre, non ?

Donc, maintenant, je souris en traversant les parcs bondés de ma ville et je roule au ralenti, presque en roue libre. Je ne me fais pas de souci : je retrouverai ma tranquillité en semaine… et en hiver !

Fleurs de pommetier
Reflets changeants sur l'onde
Je rêve éveillée.

Dispersion

Des milliers d'étoiles dans le ciel

Un soleil dans ma vie

Le thé doré coule, silencieux

Murmure du vent dans le désert

Un grain de poussière flotte dans la chaleur

Une lumière dans la voix

Le soleil dans tes yeux

Grincement des jeux d'enfants

Dans l'air moite de la nuit

Un chien jappe

L'orage monte

Au loin

Le grondement assourdi des voitures,

Murmure étouffé

Appel d'air d'un bus désolé

Ma ville vit.

Mots couchés sur le papier

Mots lancés en l'air

Une main les retient

Un cœur vibre

Bruissement des feuilles

Et confidences nocturnes

En mal de solitude,

Je fuis.

Eau de lune,

Gouttes de vie

Éclats lumineux

D'une luciole affairée

Des draps moites

Le chat à terre, accablé

La nuit exhale,

Et je m'endors enfin.

Tables des matières

Dépôt légal - Bibliothèque et Archives nationales du Québec et Bibliothèque et Archives Canada, 2015